KB272386

지극히 개인적인 입법일기

지극히 개인적인 입법일기

발행일   2026년 4월 15일

지은이   이호준
펴낸이   손형국
펴낸곳   (주)북랩

출판등록   2004. 12. 1(제2012-000051호)
주소   서울특별시 금천구 가산디지털 1로 168, 우림라이온스밸리 B동 B111호, B113~115호
홈페이지   www.book.co.kr
전화번호   (02)2026-5777   팩스   (02)3159-9637

ISBN   979-11-7598-251-2 03810 (종이책)   979-11-7598-252-9 05810 (전자책)

잘못된 책은 구입한 곳에서 교환해드립니다.
이 책은 저작권법에 따라 보호받는 저작물이므로 무단 전재와 복제를 금합니다.
본 도서는 (주)북랩이 보유한 리코 인쇄 장비 등 자체 생산 인프라를 통해 제작되었습니다.

작가 연락처 문의 ▶ ask.book.co.kr

전용 게시판에 문의를 남기시면 저자에게 직접 전달됩니다.

(주)북랩 성공출판의 파트너

북랩 홈페이지와 SNS에서 다양한 출판 솔루션을 만나 보세요!

홈페이지 book.co.kr   •   **블로그** blog.naver.com/essaybook   •   **출판문의** text@book.co.kr

카톡채널 북랩

현장에서 기록한 가장 현실적인 정치 이야기

지극히 개인적인 입법일기

이호준 지음

북랩

차례

09

싸우지 않아도 되는 생활입법도 있어요

장애인건강권법, 마약 운전 검사 의무화법, 아동 재학대
방지법

10

Epilogue

"사람들이 절대 지켜봐서는 안 되는 두 가지가 있다.

바로

소시지 만드는 것과 법률 만드는 것이다."

01

Prologue

법이 만들어지는
과정에 대한 기록

마크 트웨인은 "사람들이 절대 지켜봐서는 안 되는 두 가지가 있다. 바로 소시지 만드는 것과 법률 만드는 것이다."라는 어록을 남겼다.

그만큼 법이 만들어지는 과정은 결코 아름답지 않다. 법이라는 사회의 규칙은 만들어질 때마다 그 규칙으로 인해 피해를 보는 집단과 수혜를

입는 집단이 생긴다. 더 정확하게는, 피해를 볼 것
으로 예상되는 집단과 수혜를 입을 것으로 예상
되는 집단 간의 이해관계 충돌 속에서 법은 만들
어진다.

더군다나 민주주의 사회에서 법은 하늘에서
뚝 떨어지는 외생변수가 아니다. 법은 국회라는
제도권 내에서 만들어지지만, 그 과정에서 제도권
안팎의 다양한 행위자가 입법 과정에 영향을 미
치기 위해 치열하게 경쟁하고, 갈등한다.

이 책을 쓰는 이유는 법이 만들어지는 국회
라는 공간 한가운데에서, 입법 실무자로서 경험하
고 목도한 생생하지만 지극히 개인적인 관점에서

입법의 뒷이야기를 여러분과 나누기 위함이다. 최대한 법안을 둘러싼 역학 관계와 맥락을 자세히 설명하기 위해 대부분의 경우, 내가 직접 깊게 관여했던 입법 사례를 다루려고 했지만, 일부는 그렇지 않은 사례도 포함되어 있다.

그럼에도 이 책의 가장 중요한 목적은 개인적 기록이다. 국회라는 공간에서 짧은 시간 몸담으며 목도하고 경험하고 느낀 바를 시간이 더 지나 희미해지기 전에 기록으로 남겨두고 싶었다. 그렇기에 최대한 기억에 의존해서 작성했고, 명확하지 않은 부분은 언론보도를 참고했다. 최대한 사실에 충실하려 했지만, 때에 따라서는 주관적 해석과 분석도 곁들였다.

　부차적으로는 나의 경험담이 입법 실무를 지망하는 사람들, 이제 막 입법 실무를 시작한 초년생들, 국회의 울타리 밖에서 입법과 정책이라는 생소한 업무를 다루어야 하는 분들에게 참고가 되기를 바란다.

"보건의료기본법에는

새로운 보건의료 제도를 도입할 때

시범사업을 실시할 수 있도록 규정되어 있는데,

이러한 시범사업은 법적 근거가 충분하지 않아도

정부 사업을 지속할 수 있는

일종의 만능 카드였다."

02

합법은 아닌데요,
불법도 아니에요

비대면 진료 법제화 입법 과정과 시범사업

국회에서의 정책은
'말'에서 시작된다

보좌진으로 합류해서 처음으로 제대로 참여해 본 입법 과정이 '비대면 진료 법제화'였다.

비대면 진료 법제화 이슈와의 첫 조우는 2023년 초 '원내대책회의 말씀 자료'였다.

당시 모시던 의원님은 원내부대표를 겸하고 계셔 당 원내대책회의에 참석하셨다. 각 당에는

적어도 십수 명의 원내부대표가 있지만, 대다수
는 발언하지 않고 원내대책회의에 참석만 하는
것이 일반적이다. 특히 초선 의원은 더 그렇다.
그런데 그날은 재선 의원이신 보건복지위원회 간
사께서 참석하지 못하게 되면서, 보건의료 현안
에 대한 발언을 대신할 인물로 우리 의원님이 선
정되었다.

초선 의원에게는 이런 발언의 기회가 두각을
나타낼 수 있는 나름의 기회이기도 하다. 당시에
는 새 정부 출범 초기였기에 전 정부의 실책에 대
한 정치적 발언을 서두로 하고, 후반부에는 정부
여당의 우선순위 정책이면서 우리 의원실이 주도
할 수 있는 이슈를 언급하자는 게 당시 의원실에

 지극히 개인적인 입법일기

서 정한 발언의 방향성이었다.

당시 의원실에서 선정한 아이템은 '비대면 진료'였다. 내가 합류하기 직전, 우리 의원실에서는 이미 비대면 진료 법제화를 골자로 하는 의료법 개정안을 발의해 놓은 상태였다. 이는 당시 새 정부의 국정 과제이기도 했고, 통과된다면 우리나라 의료 체계에 큰 변화를 줄 수 있는 입법이었다.

이야기를 더 이어가기 전에, 비대면 진료가 무엇인지부터 짚고 가도록 하자.

비대면 진료,
20년은 된 해묵은 이슈

처음 이 말씀 자료를 작성하라는 지시를 받았을 때, '비대면 진료를 부각시켜라' 정도의 디렉션만 전달받았다. 그때 처음 든 생각은 '비대면 진료가 대체 뭔데?'였다. 알아보니 생각보다 내용은 간단했다. 전화 또는 화상통화를 통해 원격으로 진료를 받을 수 있도록 하는 제도였다.

비대면 진료의 취지는 매우 좋다. 우리나라가 의료선진국이라고 해도, 의료법의 대원칙은 기본적으로 대면 진료다. 그런데 병원이 없는 산간오지에 사는 사람들, 거동이 불편한 장애인, 병원에 갈 시간이 부족한 직장인 등을 생각하면 비대면 진료 법제화는 당연히 해야 하는 거 아닌가 하는 생각을 했다.

그런데 과거 기록을 찾아보니, 이 논의는 20년 정도는 이어져 온 주제였다. 원격 의료, 원격 진료, 비대면 진료 등 여러 명칭으로 불렸는데(이 책에서는 '비대면 진료'로 용어를 통일하여 사용하겠다), 보건의료계에서는 이미 오래된 이슈였다. '왜?'라는 생각이 들었다. 비대면 진료를 허용하면 되는 거 아닌가? 뭐가 문제지? 왜 20년 동안 안 된

걸까?

아무튼, 일단 발등에 떨어진 불은 원내대책회의 말씀 자료를 마무리하는 것이었다. 그래서 마지막 문단에 비대면 진료 법제화를 신속히 추진해야 한다는 정도로 말씀 자료를 우선 마무리했다.

엔데믹과 비대면 진료 법제화, 그리고 입법 시계

원내대책회의에서 비대면 진료를 부각하자는 미선을 수행하고 나서 한두 달쯤 지났을 무렵, 복지부 과장과 실무자가 찾아왔다. 아무리 늦어도 4월 임시회에는 비대면 진료를 법제화해야 한다는 것이었다.

이유는 명확했다. 당시 비대면 진료는 전면적으로 시행되고 있었다. 그러나 이는 코로나19라는 특수 상황으로 인한 것이었다. 감염병 위기 경보가 '심각' 단계일 때에만 한시적으로 비대면 진료를 실시하도록 하는 감염병예방법상 예외 규정에 따른 조치였다. (이 미팅 전까지 이렇게 시행되고 있는지도 솔직히 몰랐다.) 그렇다면 왜 4월에는 법제화해야 하는 것인가?

당시 6월 초에는 WHO가 엔데믹 선언을 할 것으로 관측되고 있었기 때문이다. 엔데믹 선언이 되면 그에 발맞춰 우리도 감염병 위기 경보 단계를 낮춰야 하는데, 한시적 비대면 진료는 최고 단계인 '심각' 단계에서만 허용되고 있었다. 그런데 비대면 진료의 편의성 때문에 이미 쓰고 있는 사람이 천만 명에 달하는데, 법제화 없이 감염병

 지극히 개인적인 입법일기

위기 경보 단계를 하향 조정하면 그날부터 비대면 진료가 불법이 되기 때문이다.

비대면 진료 법제화를 위한 입법 시계의 초침이 움직이기 시작한 것이다.

(생각보다 복잡한) 비대면 진료
법제화의 정치

이미 1,000만 명에 가까운 국민이 혜택을 보고 있는 비대면 진료다. 게다가 장애인, 산간오지에 사는 취약계층의 의료 접근성을 높여주는 좋은 제도이기도 하다. 이 명분에 더해 엔데믹을 앞두고 있으니, 당연히 모두가 합심하여 법안을 빨리 통과시키지 않겠느냐는 생각이 들었다. 그렇게 된다면 법안을 발의한 우리 의원실도 공로를 인정

받을 수 있을 터였다.

그런데 세상 일이 어디 그렇게 쉽다던가? 비대면 진료 법제화를 둘러싼 정치적 역학관계는 생각보다 훨씬 복잡했다.

(직역단체)

먼저, 의사단체와 약사단체의 반대라는 관문을 넘어야 했다. 의사단체는 비대면 진료가 안전하지 않을 수 있다는 이유로, 약사단체는 약물 오남용을 조장하는 제도라는 명분으로 비대면 진료 법제화에 반대 입장을 견지했다. 일견 일리가 있는 반대 이유다. 그러나 조금 더 들여다보면 다른 그림도 보인다.

(여기서부터는 나의 주관적인 해석이 포함된다.)

사실, 의사단체는 명목상 반대였지만, 강한 반대는 아니었다. 의사단체는 주로 개원의, 소위 말하는 동네 의원이 단체의 주를 이룬다. 비대면 진료 법제화를 위한 의료법 개정안에는 비대면 진료를 의원급 의료기관에 한해 허용하고, 병원급 의료기관은 예외적으로만 허용하고 있었다. 대형 병원이 비대면 진료 제도를 통해 환자를 독식하는 구조는 가능하지 않았다.

당시 의사단체의 반대는 강력한 반대라기보다는, 비대면 진료 행위에 대한 수가 책정에 있어서 유리한 고지를 점하고자 하는 협상력 제고 차원의 반대에 가까웠다.

반면 약사단체의 반대는 의사단체의 반대보다는 명확했다. 한시적 비대면 진료 체제에서는 약 배송까지 이루어지고 있었다. 플랫폼을 통해 약을 배송받을 수 있으면 굳이 동네 약국에 가서 약을 살 필요가 없으니, 환자들이 비대면 진료 플랫폼으로 몰리고 있었다. 이는 약사단체에게는 생존의 문제에 가까웠다.

(야당)

당시 야당이던 민주당은 비대면 진료 자체를 놓고 보면 찬성 입장을 견지하는 것이 맞긴 했다. 그런데 비대면 진료 법제화가 윤석열 정부의 국정과제 목록에 포함된 게 화근이라면 화근이었다. 국회에서 정부의 국정과제를 집중적으로 견제하는 게 야당의 역할이기 때문이다.

그럼에도 한시적 비대면 진료를 허용하는 감염병예방법 개정이 문재인 정부 시절 이루어졌고, 코로나19 방역은 'K-방역'으로 명명되며 문재인 정부 최고의 정책 성과로 브랜드화되기까지 했다. 그래서 대놓고 반대를 할 수는 없었다.

다만, 당시 비대면 진료 법제화를 위한 의료법 개정안 심사를 담당하던 보건복지위원회 제1법안심사소위원회 소속 야당 의원 중 약사 출신 의원이 다수 있어서 이들 주도로 비대면 진료 법제화 법안에 대한 부정적 기류가 수면 아래에서 흐르고 있었다.

정부와 여당의 입장은 비교적 단순했다. 국정 과제이기도 하고, 폭넓은 국민에게 혜택을 주는 제도이기 때문에 당연히 비대면 진료 법제화 추진에 앞장섰다. 약간의 결의 차이가 있다면 정부는 비대면 진료 법제화라는 국정 과제를 달성시키는 것이 목표라면 여당은 전 국민에게 혜택을 주는 입법을 주도함으로써 1년 후 다가올 총선에서 유리한 고지를 점하는 것이었다.

이런 구도를 종합해 보면 당시 나수 의석을 점하고 있던 야당이 당 차원에서 반대하지 않는다는 점, 의사단체의 반대도 비교적 약하다는 점을 고려하면 약사단체와 야당 내 약사 출신 의원

들의 반대를 넘어서면 해볼 만한 게임이라고 생각

됐다.

뜻밖의 복병,
플랫폼 기업

새로운 제도를 도입할 때는 제도 도입에 따른 최대 수혜자와 피해자를 꼭 살펴봐야 한다. 수혜자가 피해자보다 많으면, 혹은 많다고 여겨지면 제도는 도입된다. 비대면 진료 입법 과정이 순조롭게 진행되던 과정에서 비대면 진료 제도화의 수혜자이자 잠재적 피해자인 플랫폼 기업의 목소리가 간과되었다.

다시 시계를 2020년으로 돌려보자. 코로나19로 인해 한시적 비대면 진료가 도입되었고, 모든 국민이 비대면 진료를 할 수 있도록 허용이 된 것이다. 그렇다면 비대면 진료는 어떻게 이루어졌을까? 당시 한 스타트업이 비대면 진료를 위한 플랫폼과 병·의원 네트워크를 구축하며 비대면 진료 허용이라는 제도를 현실로 실현시켰다. 이후 약 3년 간 비대면 진료 플랫폼 기업이 다수 등장했고, 이들을 통해 비대면 진료 서비스가 국민에게 전달되면서 하나의 산업군으로까지 거듭났다.

그런데 2023년에 논의되던 비대면 진료 법제화 법안에서는 비대면 진료가 가능한 환자의 범위는 축소된 형태로 반영되어 있었다. 우선 초진

이 아닌 재진 환자만 비대면 진료가 가능하도록 하고, 약 배송에 대한 내용은 제외되었다. 이는 동네 의원과 약국으로 향하는 국민들의 발걸음을 끊지 않으면서도 비대면 진료라는 새로운 제도를 도입하기 위한 나름대로의 절충안인 셈이었다.

그러나 전 국민이 비대면 진료를 사용하던 환경에서 성장한 비대면 진료 플랫폼 기업이 30여 개나 되는데, 갑자기 비대면 진료를 받을 수 있는 국민의 범위가 좁혀지면 이건 시장의 축소로 이어질 수밖에 없었다. 기업에게 있어서 시장 축소는 곧 생존을 위협하는 문제다.

일반적으로 기업은 공개적으로 입법 이슈에 대해서 직접적인 목소리를 잘 내지 못한다. 이윤을 위해 국가의 법과 제도에 관여한다는 따가운 시선을 받는 것은 차치하고, 직접적인 목소리를 내는 과정에서 너무 무리하면 이권 개입으로 수사 대상도 될 수 있고, 수사까지 받지는 않더라도 감히 국가정책에 반대 목소리를 냈다면 이후 행정적 제재를 받거나 지원 사업에서 배제되는 채찍을 맞을 수도 있어서다.

그러나 비대면 진료 법제화 국면에서 비대면 진료 플랫폼 기업은 수동적인 입장에 머무르지 않았다.

비대면 진료 플랫폼 기업들은 원격의료산업협의회(원산협)라는 단체를 구성하여, 단일대오를 형성하고 개별 기업이 아닌 '업계'의 목소리를 적극적으로 내기 시작했다. 비대면 진료가 가져다 주는 국민 편익을 강조하며, 급기야 원산협의 입장을 반영한 대안적 성격의 비대면 진료 법제화 법안까지 나왔다.

골자는 초진 환자까지 비대면 진료 대상에 포함시키는 내용의 법안이었다. 즉, 한시적 비대면 진료 당시 전 국민이 이용하던 비대면 진료 체제를 법제화 이후에도 그대로 이어가겠다는 의도였다.

합법도 아닌,
불법도 아닌

재진 환자 중심의 비대면 진료 법제화가 어느 정도 합의점으로 이른 시점에서 원산협발 법안의 등장은 입법 논의를 더욱 복잡하게 만들었다. 쟁점이 아니라고 생각했던 사안이 쟁점화된 것이다. '초진 환자 허용 vs 재진환자만 허용'이라는 구도가 형성되면서 비대면 진료 입법 논의는 공전했다. 초진 환자까지 비대면 진료 대상에 포함시키는 법안에 대해서는 의사단체도 이전보다 강력하게 반대했다. 환자 초진은 어디까지나 의사 고유의 영역인데 여기에 플랫폼이 개입하는 모양새로 보였기 때문이다.

나중에 들은 이야기지만, 사실 원산협이 초진 환자 전면 허용의 내용을 담은 비대면 진료 법제화 법안을 낸 것은 통과가 목표라기보다는 재진 중심으로 비대면 진료 제도가 안착될 바에야 법제화 논의 자체를 무산시키려는 의도도 있었던 것 아니냐는 꽤나 설득력 있는 이야기들도 들렸다.

상황이 이렇게 되자 비대면 진료 법제화 법안이 4차례나 법안소위 안건으로 올라갔음에도 결론에 이르지 못한 채, 6월 엔데믹을 맞이하게 됐다. 당시 정부는 법안 통과가 무산되는 방향으로 상황이 흘러가자, '시범사업'이라는 카드를 꺼내 들었다.

보건의료기본법에는 새로운 보건의료 제도를 도입할 때 시범사업을 실시할 수 있도록 규정되어 있는데, 이러한 시범사업은 법적 근거가 충분하지 않아도 정부 사업을 지속할 수 있는 일종의 만능 카드였다.

6월 초 예정대로 감염병 위기 경보 단계는 하향 조정되었고, 한시적 비대면 진료는 종료되고 '비대면 진료 시범사업'이라는 이름으로 재진 환자 중심의 비대면 진료가 이어지게 되었다. 물론 초반에는 의사단체, 약사단체 의견이 반영돼 재진 환자 중심의 시범사업이 되었지만, 점진적으로 초진 환자 대상자가 확대되었다. 이후 의대 정원 확대에 따른 전공의 이탈 사태 이후에는 전면 비대면 진료 시범사업으로 대폭 확대되었다.

흥미로운(?) 점은, 법제화가 이루어지지 않은 상태로 몇 년째 시범사업의 형태로 이어져 국민들은 중단 없이 비대면 진료의 혜택을 누렸다. 그리고 2025년 12월, 비대면 진료 법제화 법안이 국회의 문턱을 넘어 법제화에 이르렀다.

어쨌든, 해피엔딩이라고 보아야 하나?

“간호법의 본래 취지와는 무관하게 여당과 야당,

의사단체와 간호단체를 둘러싼 정치적 환경과

역학관계가 간호법의 운명을 좌우했다.

이는 우리가 정치 환경을 이해해야 하는 이유다.”

의정갈등 이전에 '간호법 사태'가 있었다

간호법 제정의 입법 과정

자세히 보면 모든 것이
갈등, 갈등, 갈등

국회에는 18개 상임위원회가 있다. 각 상임위원회는 정부 각 부처의 업무를 관리·감독한다. 내가 속해 있던 보건복지위원회는 보건복지부, 식품의약품안전처 등 국민의 복지와 보건을 책임지는 부처의 업무를 관리·감독하는 위원회다. 여기까지는 교과서적인 설명이다.

보건복지위원회 베테랑 보좌관 선배가 내게 해준 말이 있다. "복지위의 본질은 직역단체 간 갈등"이라는 것이었다. 복지위는 겉으로 보면 국민의 복지와 건강에 관한 정책을 관리·감독하고, 관련 입법을 수행하는, 철저한 정책·민생 상임위원회처럼 보이지만 한 꺼풀 벗겨보면 수많은 보건·복지 직역단체 간 이해관계가 충돌하는 갈등의 장이라는 것이다.

처음에는 그 말의 의미를 제대로 이해하지 못했지만, 얼마 지나지 않아 벌어진 '간호법 사태'를 통해 나는 그 말의 의미를 뼈저리게 실감하게 됐다.

간호법,
뭐가 문제야?

2023년 상반기, 정치권을 가장 뜨겁게 달군 키워드는 '간호법'이었다. 간호법은 그동안 의료법 내에 규정되어 있던 간호사의 업무 범위, 처우 등에 대한 사항을 개별 입법인 간호법에 규정하여 보다 구체적으로 정하자는 간호계의 오랜 숙원 사업이었다.

코로나19를 거치면서 보건의료 직역에 대한 국민적 이해도가 제고되고 간호사에 대한 처우개선이 필요하다는 사실도 널리 알려졌다. 그래서 간호사들의 처우 개선, 업무 범위 명확화 등을 위해 간호법 제정하자는 데, 왜 간호법으로 인해 온 나라가 들썩일 정도로 정치적 갈등이 극대화된 것일까?

간호법 제정이 간호단체의 오랜 숙원이었던 만큼, 간호법 저지를 그에 필적하는 숙원사업으로 여기던 단체가 있었으니, 바로 의사단체였다. 사실 지금까지도 왜 의사단체가 그토록 간호법 제정에 반대했는지 잘 모르겠다. 여러 이유가 있다. 간호법이 제정되면 의사 중심의 의료법 체계에서 간호사가 독립하게 된다는 점에 대한 우려, 의료현장에서 의사와 간호사 간 갈등이 심화될 것이라는 우려, 간호법 제정은 곧 간호사 단독 개원으로 이어질 것이라는 우려 등. 진실은 그 중간 어딘가에 있을 거다.

아무튼, 간호법에 대한 의사단체의 반감은 실로 엄청났다. 의사단체 쪽에 꽤 친분이 있는 분과 대화를 나눴는데, 간호법에 대한 의사단체의 반감을 잘 보여주는 것 같다. 의사단체가 반대하는 다른 법안에 대한 이야기를 나눌 때 나왔던 이야기다.

"A 법안에 대해서도 의사단체에서는 반대하던데, 어느 정도로 반대하는 거예요?"

“에이, 그 법안은 그냥 명목상 반대예요. 간호
법이 에베레스트라면, 그 법안은 동네 뒷산 정
도?”

간호법에 대한 의사단체의 이러한 반감은 여
야 간 갈등 구조에도 지대한 영향을 미치게 된다.

간호법을 둘러싼
여야의 셈법

먼저, 정부여당은 당시 간호법 제정에 대해서 소극적 반대 입장을 취하고 있었다. 반대면 반대지, 소극적 반대는 또 무엇인가? 거기에는 그만한 사정이 있었다.

당시 여당은 사실 간호단체와 꽤 우호적인 관계를 유지해 온 바 있다. 간호단체 회장 출신에게

비례대표 공천을 줄 정도로 긴밀했다. 그래서 사
실 간호법만 놓고 보면 반대할 이유도 없고, 명분
도 약했다.

그런데, 의사단체의 반감을 고려하지 않을 수
없었다. 새 정부가 출범하고 내세운 주요 국정 과
제를 보면, 지역 필수의료 강화, 비대면 진료 법제
화, 고령화 시대에 대비한 통합 돌봄 체계 구축
등이 있었다. 무언가 보이는가? 어느 하나 의사단
체의 협조 없이는 이행할 수 없는 대형 과제들이
다. 특히, 소아과 오픈런, 응급실 뺑뺑이 등 민생
에 직접적으로 와닿는 지역 필수의료 강화라는
국정과제를 두고도 의사단체와 이미 밀고 당기는
협상이 진행 중이었다.

그런 상황에서 의사단체가 결사 반대하는 간

호법에 찬성한다면, 의료 관련 국정 과제 그 어느

하나도 제대로 이행할 수 없게 될 것이다. 더군다

나 당시 여당은 국회에서도 소수였다.

그래서 여당은 간호법 제정만 제외하고, 간호

단체의 요구를 최대한 들어줄 기세였다. 간호법

제정 이전에 실질적인 간호사 처우 개선부터 하고

간호법은 좀 나중에 이야기하자는 것이 정부여당

의 입장이었다.

그렇다면 야당은 이런 사정을 몰랐을까? 그럴

리 없다. 야당은 야당 나름대로의 셈법이 있었다.

당시 새 정부 출범 이후 지금은 대통령이 된 야당

대표는 170석 거대야당의 대표이기는 했지만 21

대 국회 당시만 해도 당내 입지도 불안정했고, 검
찰수사의 집중포화를 맞고 있던 상황이었다. 그
래서 당을 결집시키고, 자신에 대한 수사에 집중
되는 여론의 이목을 돌리기 위해 택한 전략이 쟁
점법안 강행 처리였다.

그렇다고 아무 쟁점 법안을 강행 처리하는
것은 아니었다. 정부여당이 찬성할 수는 없지만,
사회 내 각 단체가 숙원사업으로 여기는 법안을
정치적 쟁점화시키고 그걸 국회 다수당으로서 강
행 처리한다는 전략이었고, 그중 하나가 간호법이
었다.

당시 야당 입장에서 간호법 추진은 일종의 꽃
놀이패였다. 간호법이 야당 주도로 통과되면 간호

계의 지지를 얻을 수 있었고, 정부여당의 저지로

통과되지 못한다고 해도 정부여당과 간호계 간

균열을 일으킬 수 있었다.

간호법을 둘러싼
입법 전쟁

야당은 수적 우위를 이용한 강행 처리 전략을 구사했다. '직회부'라는 사실상 사문화되어 있던 국회법 조항을 꺼내 들어 상임위 단계에서의 여야 협의 절차를 우회하고, 법사위를 넘어 본회의에 간호법을 상정하는 데 성공했다.

정부여당도 가만히 있지만은 않았다. 수적 열

세를 극복하기 위해 정부여당이 할 수 있는 일은 여론전이었다. 간호법에 반대하는 의사단체, 간호조무사단체 등 13개 보건의료 직역단체가 연합한 보건의료연대와 적극적으로 소통하며 간호법 강행을 '직역 이기주의'로 규정했다. 또한 간호법을 강행처리한 야당은 야당 대표의 범죄 혐의로 향하는 국민적 시선을 돌리기 위해 간호법을 이용하며 보건의료 직역 간 갈등을 조장한다는 프레임으로 맞섰다.

그러나 그것만으로는 여론을 여당의 편으로 돌리기에는 역부족이었다. 여러 명분을 갖다 붙여도 간호법을 원하는 간호사와 야당은 약자, 간호법을 저지하는 의사단체와 여당은 기득권이자 강자처럼 보였기 때문이다.

이때 여당 입장에서 큰 역할을 한 것이 간호조무사단체였다. 의사와 간호사 구도에서 간호사는 약자지만, 간호사와 간호조무사 구도에서는 간호사도 또 하나의 강자 집단이기 때문이다.

당시 간호조무사단체는 '학력 상한제 폐지'라는 숙원사업 입법을 간호법 논쟁 속으로 끌어들이는 데 성공했다. 현행 의료법에 따르면, 간호조무사 자격시험에 응시하기 위해서는 특성화고를 졸업하거나, 그렇지 않은 경우에는 간호학과 4년제 학사나 박사 학위가 있어도 별도의 간호조무사 학원 과정을 수료해야만 응시할 수 있었다. 이는 간호조무사라는 직군을 사실상 고졸로 제한하는 일종의 '카스트제'라는 것이다. 그러나 이 법안은 누가 반대했나? 간호사단체였다. 이번에는 약자인 간호조무사의 숙원 사업을 막아서는 것은 강자인 간호사단체였다.

당시 내가 속해 있던 의원실에서 간호조무사단체의 요청을 수용해 '간호조무사 학력 상한제 폐지' 법안을 발의했다. 이 과정은 정말 험난했다. 법안 하나 발의하는 과정에서 이렇게 큰 반발에 직접적으로 부딪힌 적이 있었나 싶다.

우리 의원실로 항의 전화가 빗발친 것은 물론이고, 우리 법안에 공동발의를 해준 의원실에도 전화 폭탄이 떨어졌다. 국회 정문 앞에는 우리 의원님의 이름을 거론하며 비판하는 현수막이 등장했다. 보좌관님과 함께 법안을 들고 발로 뛰며 공동 발의자를 모았지만 쉽지 않았고, 결국 의원총회에 참석하는 의원들을 붙잡고 의총서 도장 2개만 더 받아오셔야 한다는 등 떠밀며 간신히 10명의 공동 발의자를 확보할 수 있었다.

그래도 이 법안 덕분에 간호사 대 간호조무사라는 또 하나의 강자 대 약자 구도가 성립되며 의사 대 간호사 구도가 다소 희석되었고, 우리 의원님이 스포트라이트를 받기도 했다.

이후 간호법은 야당 주도로 국회의 문턱을 넘

었지만, 대통령이 거부권을 행사하며 끝내 좌절되

었다.

간호법 부결,
그 이후

대통령 거부권 행사로 인해 간호법이 다시 국회로 돌아왔고, 재의결에서 끝내 부결되었을 때, 입법 전쟁에서는 승리했지만 간호사들의 눈물을 동반한 씁쓸한 승리였다.

그럼에도 간호사단체에게 간호법 국면은 정치적 영향력을 대외적으로 과시하는 계기가 되었

 지극히 개인적인 입법일기

다. 50만에 달하는 전문자격을 보유한 회원 수를 기반으로 중앙-시도-시군구 단위까지 일사분란하게 움직일 수 있는 조직력, 그리고 전국 간호대학의 대학생을 동원할 수 있는 인적 인프라까지 갖춘 막강한 직역단체로서 스스로의 힘을 증명해냈다. 간호법 사태 이후, 복지위 내에서 간호단체가 반대하는 입법은 결코 수월하게 이루어지지 않을 것이다.

필수의료 강화 등 국정과제 이행을 위해 의사단체의 편에서 간호법을 좌절시킨 정부여당은, 그로부터 1년 후 의대정원 2천 명 증원으로 의사단체를 적으로 돌려버렸다. 의대증원 정책은 의정갈등으로 이어졌고, 결국 총선 패배라는 결과로 돌아왔다. 간호법은 의정갈등의 여파 속에서 총선 직후 국회의 문턱을 넘어 법률로 확정되었다.

간호법의 본래 취지와는 무관하게 여당과 야당, 의사단체와 간호단체를 둘러싼 정치적 환경과 역학관계가 간호법의 운명을 좌우했다. 이는 우리가 정치 환경을 이해해야 하는 이유다.

그리고 여기서 질문 하나. 간호법 통과를 두고 그렇게 치열하게 대립했었는데, 간호법 이후 과연 현장 간호사들의 처우는 얼마나 개선되었을까? 그 답은 현장의 간호사들만 알 수 있을 것이다. 그리고 그 답이 간호법을 둘러싼 이 길었던 싸움의 의미를 가늠하는 척도가 될 것이다.

"장애인복지법 개정안을 둘러싼

불법점거 사태는 국회 방호 체계 강화라는

의도치 않은 결과를 낳았다."

04

입법이 불법점거로 이어지면 생기는 일

'IL센터'와 장애인복지법 개정안

업무 비수기 중 떨어진 날벼락, 의원실 불법점거

나에겐 꽤나 다사다난했던 21대 국회의 마지막을 장식한 큰 사건은 장애인복지법 개정으로 인한 '의원실 불법점거'였다.

국회의 업무 수기는 성수기와 비수기가 명확하게 나뉜다. 성수기는 단연 9월 1일부터 100일간 지속되는 정기국회 시즌이다. 정기국회 시즌이 바쁜 이유는 10월에 국회의 1년 농사라고 할 수 있는 국정감사가 20여 일간 실시되기 때문이다. 예산결산특별위원회 소속이 아니면 11월 말이면 대체로 비수기다. 즉, 바쁘지 않은 시기란 의미다. 특히, 상임위 예산안 예비심사까지 끝나고 나면 법안소위를 제외하면 특별히 바쁜 일이 없어 나름 평화로운 나날이 이어지는 것이 일반적이다. 그러나 하나의 법안으로 인해 이 평화가 순식간에 깨지게 되었다.

때는 21대 국회가 끝을 향해 가는 2023년 11월 중순이었다. 의원님과 보좌관님은 법안소위 참석을 위해 의원실을 비운 상태였고, 나와 몇몇 동료들만 의원실을 지키고 있었다. 오후 4시쯤이었나, 동료들과 시시콜콜한 잡담을 나누고 있었는데 갑자기 10여 명의 사람들이 소리를 치며 우리 의원실로 쳐들어왔다. 그중 절반 정도는 휠체어를 타고 있었다.

당시 이들은 의원님의 이름을 부르짖으며 "XXX 의원 사기꾼!", "장애인복지법 개악 철회하라!" 등의 구호를 외치며 의원실로 밀고 들어왔다.

사실 화가 난 상태에서 의원실에 항의 방문을 하는 민원인을 목격하는 일은 아주 흔한 일은 아니지만, 그렇다고 드문 일도 아니다. 그러나 이번에는 항의의 강도가 훨씬 강했다.

장애인복지법 개정안의
핵심 쟁점, 'IL센터'

의원실로 들이닥친 이들은 그 유명한 전국장애인차별철폐연대, 이른바 '전장연'의 소속 단체 중 하나인 A단체 회원들이었다. 그렇다면 이들은 왜 이렇게 화가 난 걸까?

당시 우리 의원실에서 발의한 법안 중 보건복지위를 통과하여 법사위 제2법안소위에서 가결된 장애인복지법 개정안이 발단이 되었다.

　개정안의 골자는 장애인자립생활센터, 즉 IL 센터를 장애인복지법상 장애인복지시설에 포함시키는 것이었다. 뭐가 문제인가 싶지 않은가? 장애인복지시설로 편입되면 국가 지원도 확대될 수 있는데 말이다. 그러나 문제는 단순하지 않았다. IL센터는 법적 근거를 가진 단체였고 국가의 예산 지원도 일부 받는 센터였지만, 장애인자립생활센터 관련 단체에 의해 자율적으로 운영되었고 국가의 회계감사나 관리감독을 받지 않았다.

　A단체 회원들의 주장의 요지는 IL센터가 장애인복지시설로 편입되어 국가의 관리감독을 받

게 되면 자율성을 잃게 되고, 장애인 당사자 중심의 운영에서 멀어지게 된다는 것이다.

그러나 엄연히 국가의 세금이 들어가는 시설에 대해서 회계감사와 관리감독을 할 수 있는 근거가 전혀 없는 것은 문제라는 것이 우리 의원실의 입장이었다. 자립생활센터를 다수 운영하는 또 다른 단체인 B단체의 경우, IL센터에 대한 법적 근거 미비로 인해 국가 지원과 운영 투명성 등의 한계가 있어 우리 의원실의 법안에 찬성하는 입장이었다. 즉, 이 문제는 자립생활센터를 운영하는 단체들 사이에서도 이견이 존재할 만큼 의견이 분분한 이슈였다는 것이다.

시위라는 헌법적 권리와
불법점거, 그 사이 어딘가

시위는 엄연히 자유민주주의 국가라면 누구에게나 보장되어야 할 권리이며, 최대한 광범위하게 인정되어야 한다. 법학과 정치학을 공부한 나도 늘 그렇게 믿고 살았다. 그런데 막상 시위의 극단을 직접 겪어보니, 책에서 보던 것과는 다르긴 했다.

법안에 반대하는 입장을 가지고, 이슈몰이를 위해서 의원실 항의 방문을 할 수 있다고는 생각한다. 다만, 과연 어디까지 이 권리를 인정할 것인가? 사무실에서 몇 시간 동안 고성을 지르며 업무를 방해한 것은 차치하고, 국회의원 보좌진의 업무공간을 넘어 국회의원의 집무실까지 밀고 들어가 피켓을 여기저기 붙이고 이를 SNS에 생중계하는 행위는 정당한가? 장애인 당사자가 아닌 비장애인 활동보조들이 휴대폰을 들고 영상을 촬영하며 의원실 직원들에게 시비를 걸고 고의로 충돌을 유발하는 행태는 어떻게 보아야 하는가? 이것도 모두 시위의 권리에 해당하는 일일까?

아무튼, 이들의 점거는 18시간 동안 지속되었

 지극히 개인적인 입법일기

다. 다음 날 아침에는 이 진풍경을 보도하기 위해 의원실 문밖에 십수 명의 기자와 방송 카메라가 몰려들었다.

점거가 언론의 집중 조명을 받자, 바로 전날 법사위 법안소위에서 가결된 장애인복지법 개정안은 표류하기 시작했다. 마땅히 법사위 전체회의에 상정되어 가결되고 본회의로 직행했어야 할 법안이었는데 말이다. 다들 A단체의 타깃이 되는 것을 두려워해 눈치를 보고 있던 것이었다. 이 밖에도 우리 의원실에서 발의한 장애계의 숙원입법이었던 장애인권리보장법안에 대한 심사에도 제동이 걸렸다.

분하지만, 전반적인 상황은 불법점거를 단행한 A단체가 원하는 방향으로 흘러가고 있었다. 그렇다고 손 놓고 있을 수만은 없었다. 불법점거로 인해 입법권을 침해당한 모양새가 되었기 때문에 의원실 입장에서도 강경 대응이 필요했다. 점거 다음 날 복지위 전체회의에서 의원님은 신상발언을 통해 불법점거를 강력하게 규탄하며 불법점거를 정치테러로 규정하고, 기자회견까지 하셨다. 아울러 불법적으로 의원실을 점거한 A단체 회원들, 그리고 이들이 우리 의원실의 허가 없이 의원실에 출입하고, 18시간 동안 이를 방치한 국회사무처에 대해서도 법적 조치를 취했다.

의도한 결과와
그렇지 않은 결과

어떠한 예기치 못한 사태가 발생해 혼란과 갈등이 증폭되더라도, 그 상황에 대한 후속 조치를 취하고 어떻게 해서든 사태의 마침표를 찍어야 하는 것이 국회의 업무 패턴이다. 이때 대응을 제대로 하지 못하면 더 큰 사태로 번지기도 하고, 사안에 따라서는 수개월 동안 언론의 집중 조명을 받기도 한다.

우리가 경험한 의원실 불법점거 사태는 잠시 언론의 집중 조명을 받기는 했으나, 의원실 차원의 강경 대응으로 인해 더 확산되지는 않았다. 그렇게 언론의 집중 조명으로 인한 열기가 가라앉으면, 그때부터는 다시 차분한 입법과 후속 조치의 시간이 찾아온다.

의원실에서 불법점거의 부당성과 장애인복지법 개정안의 필요성을 널리 알린 결과, 장애인복지법 개정안은 몇 달 후 국회 본회의의 문턱을 넘어 법률로 확정되었다. 그러나 장애인권리보장법안 심사는 제대로 이루어지지 못했고, 21대 국회가 총선 국면에 접어들며 심사가 미뤄지다가 결국 임기만료 폐기를 맞았다. 입법적으로 보면 절반의 승리였다.

장애인복지법 개정안을 둘러싼 불법점거 사태는 국회 방호 체계 강화라는 의도치 않은 결과를 낳았다. 앞서 말했듯이, 불법점거를 방치한 혐의로 국회사무처에 대한 법적 조치를 취한 뒤, 의원실 차원에서는 후속 조치로 관련 부서와 제도적 개선 방안을 마련하기 위해 수차례 실무 협의를 이어나갔다. 그 결과, 국회 무단출입에 대한 제재를 강화하는 방향으로 내부 규정을 개정하는 방안을 마련했다.

그 이후 국회 방호직 선발시험에는 국회 청사 출입 제한 조치 등에 관한 개정 규정이 반영되었을 것이다. 그러나 그 규정이 장애인복지법 개정안을 둘러싼 일련의 갈등과 혼란 속에서 만들어졌다는 사실을 아는 이들은 극소수일 것이다. 이처럼 국회라는 공간은 때로 전혀 의도치 않은 사안으로 인해, 그 사안과 직접적인 연관이 없는 제도가 개선되기도 하는, 그런 수수께끼와도 같은 공간이다.

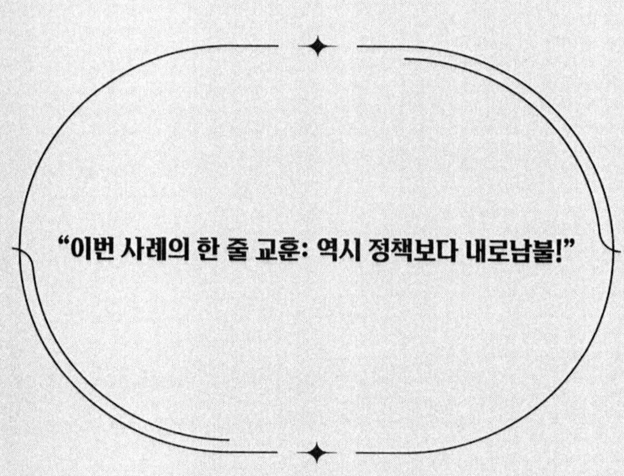

"이번 사례의 한 줄 교훈: 역시 정책보다 내로남불!"

05

오염수는 홍보하지 마

후쿠시마 오염(처리)수 공방과 원산지표시법 개정안

코끼리는 생각하지 마

현실 정치의 대부분을 차지하는 것은 '프레임 전쟁'이다. 프레임은 간단히 말하면 어떤 사안을 어떻게 바라볼 것인지를 규명하는 일종의 사고의 틀인데, 프레임이 우리 편에 유리하게 짜여지면 해당 이슈가 부각될수록 득이 된다. 그래서 정치권에서는 동일한 사안을 두고도 각기 다른 프레임을 씌우기 위해 고군분투한다.

프레임이라는 단어를 정치권으로 본격적으로 끌어들인 책은 인지언어학의 아버지라 불리는 조지 레이코프(George Lakoff)의 『코끼리는 생각하지 마(Don't Think of an Elephant)』이다. 사람들은 '코끼리는 생각하지 마'라고 하면 곧바로 '코끼리'를 떠올리게 된다는 단순한 명제에서 시작한 이 책은, 결국 프레임 전쟁에서 승리하려면 상대의 언어가 아닌 우리 편 고유의 언어로 프레임을 짜야 한다고 주장한다.

이와 관련된 우리나라의 사례 중 프레임 전쟁의 실패로 가장 빈번하게 언급되는 사례는, 한나라당이 노무현 정부가 도입한 '종합부동산세'에 '세금폭탄'이라는 프레임을 씌운 것에 대해 당시 정부여당이 '종부세는 세금폭탄이 아니다'라고 반박

하면서 결국 사람들의 머릿속에는 '세금폭탄'만

남게 되었다는 에피소드다.

그러나 때로는 간단한 팩트 체크 하나만으로

도 상대의 프레임을 무력화시킬 수 있다.

오염(처리)수는 홍보하지 마?

후쿠시마 원전 사고는 너무나도 잘 알려진 사례다. 원전 사고 당시 녹아내린 핵연료와 접촉한 오염수가 축적되어 있었는데, 사고 이후 10여 년이 흐른 뒤 일본 정부가 2021년 4월 오염수를 다핵종제거설비를 통해 정화한 후 방류하겠다는 계획을 수립했다.

2023년 5월, 정부가 후쿠시마 '오염수'라는 용어를 '처리수'로 공식적으로 바꾸려는 움직임이 포착됐다는 소식이 일간지 단독 보도를 통해 전해지며, 후쿠시마 오염수를 둘러싼 여야 간 공방이 시작됐다. 당시 여당인 국민의힘은 '오염수'라는 부정적 용어에서 벗어나고자 '처리수'라는 용어를 사용하며 후쿠시마 처리수 방류에 대한 국민적 반감을 줄이는 데 주력했다. 그러나 현재 검색만 해봐도 알 수 있듯이, 대다수 언론은 '오염수'라는 단어를 사용하고 있어 '처리수'라는 단어 사용을 통한 프레임 전환 시도는 그다지 성공적이지 못했던 것으로 보인다.

많은 사람들은 후쿠시마 오염수 방류 문제를

국민 건강과 직결된 사안으로 받아들였고, 방류
하는 주체가 한국 국민들에게 민감한 일본이었기
에 '후쿠시마 오염수 방류'는 정치적으로 휘발성이
강한 이슈였다.

야당의 공세는 거셌다. 정부여당의 '오염수'에
서 '처리수' 명칭 변경 시도를 두고 창씨개명, 지록
위마라는 비판을 제기했고, '오염수'를 넘어 '핵 폐
수'라는 용어까지 등장했다.

두 달 뒤인 7월에는 정부에서 후쿠시마 오염
(처리)수의 안전성에 대한 전문가 대담 영상을 유
튜브를 통해 확산시킨 것을 두고, 야당은 정부가
국민 혈세를 들여 일본 정부의 입장을 대변했다

는 공세를 이어갔다. 당시 문체부 광고 예산 약 10억 원이 투입된 이 영상을 두고 '친일 프레임'까지 저변에서 작동했다.

정부여당도 손 놓고 있지만은 않았다. 야당의 공세에 대하여 '괴담', '선동'이라며 비판했고, 우리나라의 수입 수산물 검역 체계의 안전성을 강조하며 '수산업 활성화'를 위한 노력이 필요한 시점이라고 반격했다.

팩트체크와 제도개선을 위한 원산지표시법 개정안

후쿠시마 오염수를 둘러싼 공방이 시작될 무렵, 우리 의원실은 현장 견학으로 경인지방식품의 약품안전청을 방문했었다. 당시 식약처에서 일본산 수입식품 등에 대해 어떤 방식으로 방사능 검사를 하고 있는지를 확인했다.

이후 식약처에 관련 자료를 요구해서 받아보았는데, 수치로 보면 일본산 수입식품에 대해서는 거의 전수조사 수준(97%)의 방사능 검사를 실시하고 있었고, 미량 검출률도 0.009% 수준이었다. 거의 완벽에 가까운 수입식품 검역이 이루어지고 있었던 셈이다. 다만, 원산지가 '일본산'으로 표시된 식품에 대해서만 이러한 철저한 검역이 이루어지고 있다는 점에 착안하여, 원산지 표시 조사 권한을 식약처에도 부여하는 것을 골자로 하는 원산지표시법 개정안도 발의했다.

식약처는 식품·의약품 안전을 총괄하는 부처이고 식품위생원이라는 전국 단위의 조직도 운영하고 있는데, 원산지 표시 조사 권한은 갖고 있지 않았다. 그래서 현행법상 농림축산식품부, 해양수산부, 관세청만 가지고 있는 원산지 표시 조사 권한을 식약처에도 부여하는 내용의 법안을 낸 것이다. 앞서 우리 의원실에서 발굴한 식약처 자료와 함께 이 법안의 내용을 일간지 단독 보도로 내보냈다. 우리나라 검역 체계의 안전성을 널리 알리기 위한 홍보의 목적과 함께 제도 개선 방안까지 담으려 한 시도였다.

내로남불의 힘은
강하다

후쿠시마 오염수 공방이 한창이던 때 발의했던 법안이라 꽤 이목을 끌 줄 알았는데, 생각보다 법안과 보도내용에 대한 관심은 크지 않았다. (역시 정책보도에는 다들 관심이 없다고 생각했다.)

관심은 엉뚱한 곳에서 터졌다. 후쿠시마 오염수 공방이 한창이던 8월은 결산심사 시즌이기도 했다. 결산은 작년도 예산이 어떻게 쓰였는지를 국회가 검토하고 정부 부처에 성적표를 메기는 절차인데, 결산심사를 준비하면서 우연히 과거 정부에서, 그러니까 당시 야당이 여당이던 시절 정부가 일본산 수입식품 관련한 홍보영상을 만들어서 배포한 흔적을 발견한 것이다. 당시에는 언젠가는 써먹겠거니 하고 쟁여두었었다.

그런데 법안을 발의하고 나서도 큰 이목을 끌지 못했고, 후쿠시마 오염수 공방은 여전히 현재진행형이었다. 내가 속해있던 보건복지위에서도 식약처 국정감사에서 중요한 의제로 떠오를 것으로 예상되다 보니, 쟁여두었던 자료를 꺼내 들었다.

처음 발견했을 당시에는 대충 보고 넘겼던 자료였는데, 같이 논의하던 기자님의 인사이트가 더해지니 그럴싸한 보도거리가 되었다. 이전 정부에서도 유명 유튜버를 통해 소위 국민 혈세를 들여 일본산 수산물의 안전성을 홍보하는 영상을 제작 및 확산시켰고, 해당 영상이 배포된 시점은 일본 정부가 후쿠시마 오염수 방류 결정을 밝힌 이후였다.

현 정부여당이 일본 정부의 입장을 대변한다며 비난하던 야당의 주장이 다소 궁색해지는 순간이었다. 이 보도는 예상치 못하게 큰 이목을 끌었고, 전체회의에서 야당이 해당 보도를 언급하며 왜 여당의 자료 요구에만 빠르게 응하느냐고 식약처에게 불만을 토로하기도 했다.

　이번 사례의 한 줄 교훈: "역시 정책보다 내로

남불!"

"건강보험 재정의 지속가능성을

고려해야 하는 관료제의 고육지책으로 보이지만,

그 사이에서 꺼져가는 생명은

그저 방치되어야 하는가?"

06

317일을 버티기 위하여

암관리기금 도입을 위한 암관리법 개정안

입법 실무자로 일을 하다 보면, 법안을 바라볼 때 가급적 가치 판단을 배제하고 그 법안이 가능한 조건인지를 먼저 판단하게 된다. 그러나 그럼에도 간혹 꼭 통과되었으면 하는 염원이 담긴 입법이 생기기 마련이다. 내게는 그 입법이 바로 암 환자를 위한 돈 주머니, 암기금 도입을 위한 입법이다.

전 세계가 부러워하는
K-건강보험?

우리나라의 국민건강보험은 미국을 포함한 전 세계에서 부러워하는 제도라는 말, 한 번쯤은 들어봤을 것이다. 그런데 우리에게는 너무 익숙한 국민건강보험제도를 왜 외국에서 부러워할까? 우리나라 건강보험제도의 특징을 나타내는 키워드는 세 가지 정도다. 단일보험자, 보편성, 그리고 공공성.

우리나라는 국민건강보험이라는 공보험이 전 국민에게 균등한 의료 혜택을 제공하는 체제를 갖추고 있다. 우리나라 국민이라면, 병원에 갈 때 어느 정도 국가의 비용 보조를 받고 있고, 이 비용 보조를 국가에서 해주고 있기 때문에 의료 접근성이 높은 것이다. 쉽게 말해, 국가에서 병원비를 전 국민에게 일정 부분 지원해주기 때문에 병원의 문턱이 상대적으로 낮은 것이다.

우리와는 반대로 미국은 전 국민에게 보편적으로 적용되는 공보험이 없다. 미국인들은 주로 사보험에 의존하고, 취약계층(고령층, 저소득층 등)만 부분적으로 공보험에 의존하고 있는 구조다. 그래서 미국에는 생각보다 의료보험 자체를 갖고 있지 않은 사람들이 많다. 찾아보니 전체 인구의 약 8% 정도가 의료보험이 없다고 한다. 우리나라에서는 상상도 할 수 없는 일이지 않은가?

그러나 우리가 그동안 자랑해온 K-건강보험은 인구 고령화라는 현상과 맞물려 노쇠해지고 있다. 인구 고령화는 곧 건강보험을 유지하는 건강보험료를 내는 사람보다, 건강보험에 의존하는 인구가 늘어난다는 의미다. 수입보다 지출이 늘어나면 언젠가는 적자로 전환되고, 고갈되는 것이 이치다. '국민건강보험 재정 몇 년에 고갈, 몇 년 뒤에 건강보험료 몇 프로 인상' 이런 이야기가 최근에 더 많이 들리는 것도 이 때문이다.

국민건강보험은 국민연금에 비해서는 아직 재정이 건전한 편이지만, 인구 고령화가 가져올 국민건강보험 재정 고갈에 대한 우려는 국가가 국민 건강에 지출하는 비용을 줄이도록 압박하는 주요한 원인이다. 그렇다면 국가는 어떤 방식으로 돈을 아끼는가?

생명과 맞바꾼
'절차'

치료를 받을 수 있는 항암제가 있었음에도, 돈이 없어서 제때 치료를 받지 못하고 12살의 나이로 세상을 떠난 고 차○○ 군이 있다. 이 아이는 6살 때부터 백혈병 환자였다. 골수이식과 항암치료를 모두 버텼지만, 세 차례에 걸쳐 백혈병이 재발했고 의사들은 당시 '기적의 원샷 치료제'라고 불리던 항암신약이 이 아이에게 남은 유일한 희망이라는 진단을 내렸었다.

그런데 이 항암신약은 1회 투약 비용이 무려 5억 원이었다. 문제는 이 항암신약이 식약처 허가는 받은 상태였지만, 건강보험 급여 등재가 이루어지지 않아 환자가 5억 원이라는 비용을 온전히 부담해야 하는 상황이었다는 점이다. 아이의 부모님은 결국 집까지 팔아 약값을 마련했지만, 아이는 끝내 치료를 받지 못하고 12살이라는 어린 나이에 세상을 떠났다.

이 항암신약은 2021년 3월에 식약처 허가를 받았고, 아이가 세상을 떠나고 두 해가 지난 2023년 4월에나 건강보험 급여 적용을 받게 되었다. 항암제나 희귀질환 치료제가 식약처 허가부터 건강보험 급여 적용까지 소요되는 시간은 평균적으로 약 317일이다. 길게는 700일, 800일까지 걸리는 경우도 있다. 이 기나긴 시간 동안 건강보험 급여를 기다리다가 생명을 잃은 이가 과연 이 아이 뿐일까? 지금 이 순간에도 소리 없이 죽어가는 사람들이 있을 것이다. 생명과 직결된 약이고, 허가까지 받았는데 왜 건강보험 급여 적용까지 이렇게 오래 걸릴까?

항암제의 경우, 건강보험 급여 적용까지 가려면 여러 관문을 지나야 한다. 식약처 허가를 통과하고 나면, 건강보험심사평가원(심평원)에서 암질환심의위원회(암질심)를 통해 임상적 유용성을 인정받아야 하고, 약제급여평가위원회(약평위)에서 급여 적정성을 평가받아야 한다. 마지막으로 국민건강보험공단이 제약사와 약가 협상을 마무리해야 급여 적용으로 이어진다.

그런데 몇 년 전부터 이 절차에 다소 변화가 생겼다. 임상적 유용성, 즉 해당 약제가 실제로 임상적으로 효과가 있는지를 평가하는 암질심의 평가 항목에 '재정 영향'이 평가 항목으로 추가된 것이다. 재정 영향은 경제성 평가라는 이름으로 약평위에서 다시 한 번 심사를 거치게 된다. 항암제 하나가 건강보험에 급여 등재되기 위해 재정적 평가가 두 차례나 이루어진다는 것이다.

이러한 제도적 변화가 일어난 데에는 여러 이

유가 있겠지만, 앞서 언급한 인구 고령화에 따른 건강보험 재정 고갈에 대한 우려가 중요하게 작용했을 것이다. 건강보험 재정의 지속가능성을 고려해야 하는 관료제의 고육지책으로 보이지만, 그 사이에서 꺼져가는 생명은 그저 방치되어야 하는가?

317일을 위한 징검다리 입법, 암기금 도입

제도적 대안이 없는 것은 아니다. 21대 국회에서는 어쩌면 생과 사를 넘나드는 이 317일의 간극을 메우기 위해, 비급여 항암제에 대한 재정 지원을 목적으로 하는 암관리기금 신설을 위한 암관리법 개정안이 발의된 바 있다.

다만, 기금 신설의 길은 멀고도 험하다. 먼저,

기금 신설을 위해서는 기금을 충당할 재원이 마련
되어야 한다. 기금 신설을 위해 세금 항목을 신설
하는 방안도 있고, 타 기금의 수익금을 일부 차용
하는 방법도 있다. 그러나 수많은 이해관계가 얽
혀있고, 그중 가장 강력한 게이트키퍼는 나라의
곳간을 관리하는 기획재정부다. 기재부의 동의
없이는 기금이 신설될 수 없기 때문이다.

21대 국회에서 발의된 암관리기금 신설을 위
한 암관리법 개정안은 제대로 된 논의조차 거치
치 못한 채 임기만료로 폐기되었다.

매우 어려운 과정이지만, 생명과 직결된 사안
인 만큼 누구라도 이 입법은 꼭 통과시키는 데 앞

장섰으면 좋겠다. 생명을 구하기 위해 복잡하게 얽히고설킨 이해관계를 조정해 내는 것, 그것이 정치의 본령이 아니겠는가?

암관리기금 신설을 위한 법안은 22대 국회에서도 발의되었지만, 여전히 논의의 장에 올라오지 못한 채 지금도 잠들어 있다.

"그럼에도 의정 갈등을 중재하는
포지션을 선점하기 위해서는
의료계에 던지는 강력한 메시지가 필요했고,
내부 논의 끝에 국회 고유의 기능인 입법이
가장 강력한 시그널이 될 것이라는
결론에 이르렀다."

07

입법으로도 화해가 되나요

의정 갈등 수습을 위한 의사수급추계위 법제화의 입법 과정

그럼에도 불구하고,
뭐라도 해야지

2025년 12월 3일 비상계엄 이후 내가 속한 정당의 의원실은 실의에 빠졌다. 비상계엄이라는 역대급 정치적 똥볼과 이어진 탄핵 이후 모든 것이 붕 뜬 상태처럼 느껴졌다. 그렇게 아무런 희망도, 기대도 없이 2026년 새해를 맞이했다.

그렇지만 한 달 정도의 멍한 시간을 지나오니

다시 일상으로 돌아왔다. 무언가를 해야 했다. 일상으로 돌아왔다는 건 나뿐만 아니라 내가 모시는 의원님에게도 해당하는 일이었으니까. 그리고 일상의 국회는 아무것도 안 한다는 상태가 납득되는 곳이 아니다.

국회에 있어서 일상으로의 복귀란 상임위원회 활동의 재개였고, 계엄과 탄핵소추안 가결이라는 엄청난 폭풍이 쓸고 간 이 공백을 무엇으로든 채워야 했다. 당시 야당 의원실들은 계엄 포고령에 '전공의 처단' 문구가 포함되게 된 계기, 복지부장관은 무슨 역할을 했는지 등에 집중했다.

수세에 몰린 여당 입장에서는 이 패배감과 실

의에서 벗어나기 위해서는 과거가 아니라, 미래를 위한 아젠다가 필요했다. 탄핵소추안이 이미 가결된 상태였고, 헌재 인용도 유력시되던 상황에서 우리가 준비해야 할 것은 하나뿐이었다. 바로 다음 대선이다.

생각이 거기까지 미치니 어떤 일을 해야 하는지 하나씩 정리되기 시작했다. 보건복지위원회 소속으로 가장 먼저 해야 할 일은 이 모든 정치적 위기의 출발점이었던, 의정 갈등의 해소였다.

첫 번째로 내민 화해의 손길,
의사수급추계기구 법제화

의정 갈등 해소를 위한 역할을 의원실에서 해야겠다는 아젠다를 선정하긴 했지만, 사실 쉽지 않은 과제였다. 계엄 포고령에 '처단'이라는 극단적인 단어까지 언급된 상황에서 의료계와 화해는커녕 기본적인 소통조차 쉽지 않았다.

그럼에도 의정 갈등을 중재하는 포지션을 선점하기 위해서는 의료계에 던지는 강력한 메시지가 필요했고, 내부 논의 끝에 국회 고유의 기능인 입법이 가장 강력한 시그널이 될 것이라는 결론에 이르렀다.

당시 보건복지위원회의 최대 쟁점 입법은 의사인력수급추계기구를 법제화하여 임의로 의대 정원을 증원하지 못하도록 하는 의료법 개정안이었다. 야당 주도로 의사인력수급추계기구를 법제화하는 내용을 골자로 하는 법안이 다수 발의되어 있었다.

그러나 이미 발의된 법안의 내용을 보니 어느 법안도 의정 갈등의 당사자였던 의사단체의의 입장을 적극적으로 반영하고 있지 않았다. 우리 의원실이 선택한 정치적 공간은 바로 그 지점이었

다. 의료계의 목소리를 최대한 담은 의사수급추

계기구 법제화 법안.

당시 의사단체가 요구했던 사항은 의사수급

추계위원회 위원 과반 이상을 의사단체의 추천으

로 채우는 것과 추계위원회 위원장을 의사단체에

서 추천하도록 하는 것, 그리고 추계위원회의 독

립성을 보장하여 추계위원회의 결정이 최종적인

결정이 되도록 하는 것이었다. (중략) 의료계와의

소통 과정에서 이러한 요구사항들을 법안에 녹여

내기 위해 노력했다.

다소 무리한 내용도 있었지만, 일단 의정 갈

등의 화해를 중재한다는 목표를 세운 이상 의사

단체에게 우리 의원실이 그들의 목소리를 가장

잘 듣고 있다는 강력한 시그널을 보내야 했다.

법안 발의 이후, 의료계 내부에서는 '기존에
나온 안들 중에서 가장 의사단체의 의견을 많이
반영한 안'이라는 평가가 나왔다. 그러나 법안에
대한 의사단체의 공식적인 지지를 얻는 데에는
실패했다. 첫술에 배가 부를 리 없었다.

두 번째 화해의 손길,
전공의 수련환경 개선을 위한
전공의법 개정안

당시 의사단체의 내부 사정도 복잡했다. 정부 여당에 강경한 입장을 취하던 전공의 대표가 전공의단체뿐만 아니라 의사단체 내부 여론까지 주도하고 있었다. 의대 정원 증원 이후 대거 병원을 이탈한 집단도 전공의였고, '처단'이라는 단어가 포함된 포고령의 직접적인 대상 역시 전공의였던

만큼, 의사단체와의 관계 개선을 위해서는 전공의
의 지지가 절실했다.

의사인력수급추계위 법안을 발의하고 얼마
지나지 않아, 그 와중에 의정 갈등 해소의 일환
으로 곧 정부가 주관하는 의료사고 안전망 확충
을 주제로 하는 공청회가 열린다는 소식을 접했
다. 여당 내에서도 의정 갈등 해소가 중요 아젠
다로 부상하는 분위기였다. 의정 갈등 중재의 구
심점이라는 포지션을 선점하기 위해서는 정부의
공청회가 열리기 전에 우리가 먼저 액션을 취해
야 했다.

의료계의 기성세대와 의정 갈등 해소의 키를

줘 전공의를 모두 아우를 수 있는 형태의 행사가 필요했다. 그래서 기획한 것이 '전공의의 수련환경 개선과 의료사고 안전망 확충'이라는 주제의 토론회였고, 토론회 날짜를 정부 공청회가 예정된 날짜보다 이틀 정도 앞당겨 잡았다.

급하게 준비하기도 했고, 의료계와의 소통이 원활하지 못했던 시기라 토론회 패널 섭외에 많은 어려움을 겪었다. 일을 벌어놓고 패널 섭외가 제대로 되지 않으면 낭패 중의 낭패였다. 그래도 죽으란 법은 없는지, 정말 운 좋게도 이 주제에 발 벗고 나서서 목소리를 내고 있던 한 대학병원 교수님의 적극적인 지원을 받아, 단기간 내에 전공의 대표자를 비롯한 의료계 기성세대까지 아우를 수 있는 토론회 패널 섭외를 마칠 수 있었다.

토론회는 예상보다 훨씬 더 많은 이목을 끌었고, 우리 의원실이 단독으로 주최한 행사였음에도 당 지도부가 총출동했으며, 다른 의원님들도 십수 명 찾아주셨다.

토론회를 성황리에 마치고 나서는 그 후속 조치로 토론회에서 나온 내용을 중심으로 전공의 수련환경 개선을 위한 전공의들의 여러 요구사항을 담은 전공의법 개정안을 입안했고, 발의했다. 그러나 이때도 역시 의사단체의 공식적인 지지를 이끌어내지는 못했다.

그래도,
절반의 성공

당초 목표했던 법안을 통한 드라마틱한 의료계와의 화해를 중재하려고 한 시도는 좋게 말하면 절반의 성공으로, 나쁘게 말하면 실패로 끝났다. 그렇다고 이 모든 과정이 무의미했다고는 생각하지 않는다.

의료계와의 화해를 위해 법안들을 입안하는

과정에서의 의료계와 소통 과정 그리고 대외적으로 법안의 아젠다를 키워가는 과정을 통해 보건 의료계와의 소통에 가장 적극적인 의원실이라는 평가는 받을 수 있었다. 이는 추후 대선 캠프에서의 의원실의 역할 정립에도 어느 정도 기여하지 않았을까 하고 자평해 본다.

"관료제의 기계적 판단으로 민심이 이반되면,

선거 전문가 집단인 정당은 간담회와 입법 등을 통해

즉각 반응한다."

08

쏟아진 물이라도
주워 담아야

R&D 예산 삭감 이후 수습책, 보건의료기술진흥법 개정안

관료제에 의존한 대형 정책 사고,
R&D 예산 삭감

일반적으로 선거를 앞둔 시기에는 정부예산을 삭감하는 것은 전략적으로 좋은 선택지는 아니다. 정치학 연구에서도 선거를 앞둔 시기에는 정부가 경기 부양책을 통해 경기를 부양한다는 정치적 경기순환론(Political Business Cycle)이라는 이론이 있을 정도로, 선거를 앞둔 기간에는 돈을 푸는 것이 정치적으로 유리하다.

그런데 윤석열 정부는 어떤 이유에서인지 여소야대 국회를 해소할 수 있는 국회의원 선거를 앞둔 국면에서도 재정 건전성에 집착하는 모습을 보였다. 짐작컨대, 정책적인 부분에 대해서 기획재정부 관료 출신에 지나치게 의존한 결과가 아닐까 싶다.

그 과정에서 대형 정책적 사고가 발생했다. 정부가 제출한 2024년도 예산안에서 예년 대비 R&D 예산을 대폭 삭감한 것이다. R&D 예산 삭감은 단순히 국가의 미래를 위한 기술 발전에 대한 투자를 줄인다는 당위적 비판을 넘어, 안 그래도 열악한 연구자들의 생계에 직접적인 타격을 주는 정책이었다. 정치적으로는 스윙지역으로 분

류되는, 연구단지가 집중된 대전을 비롯한 충청권

이 정부여당에 등을 돌리게 하는 정치적 판단 미

스였다.

쏟아진 물이라도
주워 담아야

이러한 예산안이 국회에 제출되자 야당이 공세를 퍼부었다. 엎친 데 덮친 격으로 카이스트에서는 대통령을 향해 비판적 발언을 쏟아낸 대학원생을 경호원들이 입을 틀어막아 끌어낸 '입틀막' 사건까지 벌어졌다. 그냥 손 놓고 있다가는 연구자 전체는 물론이고, 지역적으로 매우 중요한 충청권 민심을 모두 잃을 상황이었다.

거기에 대통령은 당시 R&D 예산 삭감 조치
에 대해서 "국가가 다 해줄 수는 없다"라고 발언
하며 이미 뜨거웠던 논란을 더욱 증폭시켰다.

당에서는 급히 정책위원회 의장 주관으로 젊
은 연구자들을 불러 간담회를 개최했다. 당연히
쓴소리가 이어졌다. 아울러, 원내지도부는 부랴
부랴 다시 살릴 수 있는 R&D 예산 항목을 국회
심의 과정에서 살리기 위해 노력했다.

의원실에서도 이런 당의 기조에 발맞추기 위
한 대책을 모색했다. 다행히 대학원 시절 당시 한
국연구재단이 장학금을 함께 지원받았던 젊은 연
구자 커뮤니티에 몸담고 있었던 덕분에, 의원실

차원에서 당의 간담회 이후 '보건복지 분야 R&D 활성화'를 주제로 하는 정책간담회를 발 빠르게 기획하고, 이에 참석할 보건복지 분야 젊은 연구자들을 섭외할 수 있었다.

간담회 이후, 간담회에서 나온 내용을 중심으로 보건복지부 담당 과장과 협의하여 보건의료 분야 R&D 활성화를 촉진할 수 있는 법안을 마련했다.

법안의 골자는 국가 정책적으로 중요성과 시급성이 높은 보건의료기술 연구개발사업에 대해 예비타당성 조사 대상 선정 및 조사 기간 등에 예외를 적용하고, 의료기관 소속 의료인력의 국가연구개발사업 참여를 촉진하기 위해 진료를 줄이고, 정부 지원 연구개발에 전념한 시간에 대해 국가 연구개발비로 보상받을 수 있도록 연구개발비 사용기준에 대한 특례를 마련하는 것이었다. 또한 보건의료기술 개발의 보호·육성을 위한 정부의 책무에 의사·과학자 등 전문인력 육성을 위한 정책 및 비용 지원 근거 마련 등이었다.

밑 빠진 독에
물 붓기

비교적 빠르게 당의 기조에 맞춘 의원실 차원의 후속 조치를 했고, 그게 맞춘 법안을 입안하여 발의했다. 해당 법안은 주요 경제지 1면을 장식하는 등 의원실 차원에서는 소기의 성과가 있었지만, 큰 흐름을 바꾸기에는 역부족이었다.

국회 심의를 거치는 과정에서도 삭감된 R&D

예산의 상당 부분은 복원되지 못했고, 앞서 언급
한 젊은 연구자 커뮤니티 친목모임에 나갔을 때는
당을 대표해서 욕을 먹기도 했었다.

정부에서도 뒤늦게 총선을 한 달도 채 남기지
않은 시점에서 2025년도에는 R&D 예산을 확대
할 것이라는 발표했지만, 여론의 흐름을 돌릴 수
는 없었다.

총선 당시 야당 대표가 카이스트에서 사전투
표를 하며 'R&D 예산 삭감+입틀막 사건 부각+충
청권 민심 잡기'라는 세 마리 토끼를 잡는 묘수를
둘 정도로 R&D 예산 삭감은 정부여당 총선 패배
의 가장 중요한 원인 중 하나가 되었다.

관료제의 기계적 판단으로 민심이 이반되면, 선거 전문가 집단인 정당은 간담회와 입법 등을 통해 즉각 반응한다. 그러나 때로는 정당이 아무리 수습하려고 해도 쏟아진 물을 주워 담을 수 없는 상황도 있고, R&D 예산 삭감 사태가 바로 그런 사례라고 할 수 있다.

"현장의 인력 확충과 이를 위한

예산 확대가 이루어지지 않으면,

법문 하나 고친 것만으로는 아무것도 변하지 않는다."

09

싸우지 않아도 되는
생활입법도 있어요

장애인건강권법, 마약 운전 검사 의무화법, 아동 재학대 방지법

지금까지의 입법 과정들은 주로 정치적 쟁점 사안이거나, 큰 재원이 투입되어야 해서 부처 간 이견이 있는 등 소위 말해 '쟁점 입법' 사례들을 다루었다.

그러나, 입법 과정이라고 어떻게 매번 갈등만 있겠는가. 이 장에서는 갈등 없이 처리되었던 생

활 입법에 대한 짧은 이야기들을 중심으로 소개

하고자 한다.

장애인 건강검진기관 의무기관 확대

장애인은 비장애인에 비해 각종 질병에 노출될 확률이 높고, 그만큼 기대수명도 짧다. 이러한 현실을 감안해 장애인 건강권을 보장하기 위한 개별법인 장애인건강권법이 제정되었다. 그러나 법안에 명시된 내용 중에 실질적으로 이행되고 있는 부분은 많지 않다. 이 법에 명시된 장애친화 건강검진기관이 대표적 예다.

장애인의 경우, 특히 지체장애인은 보호자 없이는 일반적인 검진기관에서 제대로 건강검진을 받기 어렵다. 휠체어를 타는 장애인을 위한 엘리베이터와 경사로가 없는 시설에는 혼자 출입조차 불가능하고, 출입하더라도 장애인 보조인력이 없으면 제대로 검진을 받기 힘들다. 어떤 장애인 분은 50년 동안 자신의 키와 몸무게를 장애친화 검진기관에 가서 처음 알게 되었다고 말하기도 했다. 비장애인에게는 상상하기 어려운 일이다.

그런데 문제는 장애친화 검진기관을 지정하는 절차는 있지만, 지정받고 난 이후 지급되는 지원금이 너무 적어 장애친화 검진기관으로서 갖추어야 하는 시설을 제대로 갖추지 못한 곳이 많다는 것이다. 이 때문에 2023년 당시만 해도 전체 17개 시도 중 9개 시도에는 장애친화 검진기관이 한 곳도 없었다.

우리 의원실에서는 이러한 현실을 개선하기 위해 장애친화 검진기관의 지정 대상을 모든 공공보건의료기관으로 확대하는 것을 골자로 하는 장애인건강권법을 발의했고, 이 법은 2023년도 상반기 국회에서 통과되었다. 그러나 여전히 기관당 지원금이 부족해서 여전히 지정만 되고 제대로 운영되지 못하는 곳이 많은 것이 현실이다. 이 분야에 대한 예산 현실화가 시급하다.

마약 운전 검사
의무화

2025년 10월의 어느 날, 여느 때처럼 출근하자마자 스크랩마스터를 켜고 주요 일간지 1면 기사를 훑어보고 있었다. 그러다가 굉장히 흥미로운(?) 기사 하나가 눈에 띄었다. 마약 운전으로 인해 면허가 취소된 사람들의 수가 급격하게 늘고 있다는 내용이었다. 음주운전은 흔히 들어본 개념이지만, 마약 운전은 생소했다. 그런데 상식적으로 생각해 보면, 술에 취한 것이나 마약에 취한 것이나 운전하기에 위험한 건 매한가지 아닌가?

아무튼, 기사를 읽어 내려가다 보니 경찰청 관계자의 멘트가 눈에 들어왔다. 음주운전 검사의 경우, 거부하면 처벌할 수 있는 조항이 있어 불응할 수 없는 반면, 마약 운전 검사는 불응 시 처벌 조항이 없어 의심이 되더라도 검사를 강제할 수 없다는 것이다. 입법 공백이라는 생각이 들었고, 법안을 만들어야겠다고 판단했다.

주요 일간지 1면에 실린 기사라 우리 의원실만 본 것은 아닐 테니, 발의하려면 다른 의원실보다 먼저 움직여야 했다. 관련 법률인 도로교통법을 살펴보니, 기술적으로 비교적 간단한 문제였다. 기존 음주운전 검사 관련 조항에 '약물'이라는 단어 하나만 추가하면 되는 일이었다. 정확하게는 기억나지 않지만 9시 30분쯤 기사를 보고, 점심 전에 초안을 입안하고, 오후에 법제실 약식 검토를 받은 뒤 공동발의자를 모집하여 퇴근 전에 발의를 완료했다.

번갯불에 콩 구워 먹듯 진행했는데, 나중에 알고 보니 우리 의원실 외에는 딱히 관심을 가진 곳이 없었는지 관련 법안이 별도로 나온 것은 없었다.

아무튼, 해당 법안은 실제로 입법 공백으로

입법이 필요했던 사안이었던 만큼 별다른 이견 없이 관련 상임위 심사를 거쳐 이듬해 법률로 확정되었다. 이로써 내년부터 마약 운전 검사는 의무 사항이 된다. 이제는 단속을 넘어 마약 운전 자체를 근절해야 한다.

재학대 아동 보호 강화

국정감사를 준비하던 과정에서 당시 같이 근무하던 인턴이 아동권리보장원 관련 자료를 살펴보다가 관심을 기울일 만한 통계를 하나 가져오며, 이거 국감 때 질의해야 하지 않겠냐고 물어왔다. 아동 재학대 관련 통계였다.

아동학대를 누가 가장 많이 할 것 같은가? 슬

프게도 90% 이상이 가정 내에서 발생한다. 더욱 슬픈 건 아동학대가 1회성으로 그치지 않는다는 것이다. 2023년 기준으로 신고된 아동학대 건수만 약 2만 5천 건 정도인데, 이중 약 4천 건은 재학대로 이어진다. 특히, 재학대 4천 중 89%는 가정 내 재학대임에도, 열에 여덟 건은 원가정 보호 처분이 내려진다. 즉, 재학대를 당한 그 가정에 그대로 아이를 두는 것이다.

이 문제는 우리 의원실 발로 방송사 보도와 아동권리보장원 국정감사 질의로도 이어졌다. 무엇이 문제인지 살펴보니, 가장 보호되어야 할 의사표현 능력이 없는 어린아이의 학대에 대한 현장 조사가 부족했다. 어린아이에 대한 학대는 주로 주변의 신고를 통해 적발되는데, 현행법은 이후 학대 상황이 지속되고 있는지를 조사하도록 하고 있다. 그러나 현장에서는 인력 부족으로 인해 많은 경우 재학대 조사가 현장 방문이 아니라 유선으로 이루어진다.

2살짜리 아이가 가정 내에서 학대됐고, 우연히 주변에서 발견해 신고했다고 가정해 보자. 2살짜리 아이가 자신이 어떻게 학대당했는지 의사표현을 할 수 있을까? 당연히 어렵다. 그런 상황에서 최초 학대 적발 이후 학대가 유지되고 있는지를, 학대를 했던 부모에게 전화를 걸어서 환인한다는 것이다.

 지극히 개인적인 입법일기

국감 이후 토론회도 개최했고, 후속 조치로 아동복지법 개정안도 마련했다. 법안의 골자는 재학대 사례에 대해서는 현장조사를 의무화하는 내용이었다. 이 법은 국회의 문턱을 넘어 법률로 확정되었다. 그러나 현장의 인력 확충과 이를 위한 예산 확대가 이루어지지 않으면, 법문 하나 고친 것만으로는 아무것도 변하지 않는다. 우리 사회의 각별한 관심이 필요한 사안이다.

"입법을 통해 세상을 바꾸고자 한다면,

좋은 의도 그 이상이 반드시 필요하다."

10

Epilogue

입법은 끝이 아닌
시작이다

이 책의 서두에서 밝혔듯이, 이 책을 집필하기 시작한 가장 큰 동기는 지극히 개인적인 이유였다. 아직은 생생하게 머릿속에 남아 있는 여러 입법 과정의 이야기를 기록으로 남겨두고 싶어서였다.

그런데 이것을 책이라는 형태로 발간해야겠다

고 생각하며 글을 쓰다 보니, 가장 큰 고민은 과연 누가 이 책을 읽어야 하는가였다. 그리고 과연 사람들이 나의 이야기에 특별히 귀를 기울여야 하는 이유는 무엇일까 하는 질문도 떠올랐다.

아직도 그에 대한 답을 명확하게 찾지는 못했다.

그러나 내가 꼭 전달하고자 했던 메시지는 이렇다.

입법을 통해 세상을 바꾸고자 한다면, 좋은 의도 그 이상이 반드시 필요하다.

좋은 내용의 법안을 만드는 것은 그리 어려

운 과정이 아니다. 법 개정안 작성을 실무적으로 몇 번 해보면, 개정해야 할 법 규정은 곳곳에 존재한다.

물론 각자의 전문성을 바탕으로 현행법 규정 중 고쳐야 할 부분을 발굴해 내는 것도 입법의 중요한 과정이다.

그러나 그보다 더 중요한 것은, 그 법안이 과연 어떤 정치적 흐름 속에 놓여 있는지, 그 법안을 둘러싼 이해관계의 역학에 대한 이해가 선행되었는지, 여야 간 정치적 이해관계의 관점에서는 이 법안이 어떻게 해석될 수 있을지 등의 정치적 환경을 파악하는 것이다.

더 나아가, 어려운 정치적 환경 속에서도 꼭 관철되어야 하는 입법이라면 어떻게 환경을 돌파해 낼 것인지에 대한 전략적 사고와 실행력이 입법 실무자가 갖추어야 할 가장 중요한 덕목이다.

그리고 입법 실무자는 입법이 문제해결의 끝이 아니라 시작이라는 점을 이해해야 한다. 법을 새로 만들고 고치는 일은 그 자체로 의미가 있지만, 실제로 입법을 통해 해결하고자 하는 문제가 있다면 입법은 끝이 아니라 시작이다. 입법 이후 정부 부처가 관장하는 하위 법령 제정, 예산 및 인력 확보, 전달 체계 마련 등의 후속 조치가 제대로 이행되는지 집요하게 감시하고 관리·감독해야 한다. 이 과정이 결여된다면 입법이라는 성과는 그저 빈껍데기에 불과할 것이다.

이러한 메시지가 입법 실무자로서 나의 짧은 경험을 바탕으로, 이해하기 쉬운 이야기 형식으로 전달되었다면 나의 개인적 기록 이상의 의미를 지닐 것이다.

이 책이 법이 어떻게 만들어지는지 궁금한 분들, 입법 실무를 이제 막 시작한 사회초년생, 그리고 국회의 울타리 밖에서 정책과 입법이라는 생소한 업무를 다루어야 하는 분들에게 입법 과정의 여러 나침반 중 하나로 활용된다면 더할 나위 없겠다는 개인적인 바람을 전하며 이 글을 마친다.